AF603075

L'ACCORDÉE DE VILLAGE,

COMÉDIE-VAUDEVILLE EN UN ACTE;

PAR MM. BRAZIER, CARMOUCHE ET JOUSLIN
DE LA SALLE;

REPRÉSENTÉE POUR LA PREMIÈRE FOIS SUR LE THÉATRE
DES VARIÉTÉS, LE MARDI 10 FÉVRIER 1824.

PRIX : 1 fr. 50 cent.

PARIS,
POLLET, LIBRAIRE-ÉDITEUR DE PIÈCES DE THÉATRE, RUE
DU TEMPLE, N. 36, VIS-A-VIS CELLE CHAPON.

1824.

PERSONNAGES.	ACTEURS.
Le Père THOMASSIN, tonnelier.	M. BOSQUIER.
JEAN LOUIS, son fils.	M. VERNET.
La Mère GUILLAUME, blanchisseuse.	Mme VAUTRIN.
ROSE, sa fille aînée.	Mlle PAULINE.
TOINON, sœur de Rose.	Mlle JENNY-VERTPRÉ.
M. BEAUFORT, riche banquier.	M. CAZOT.
Madame GERVAL, sa sœur. . .	Mlle FÉLICIE.
LECOQ, Garde-Champêtre. . .	M. LEGRAND.
Le Père BARTHELEMY, grand père de Rose et de Toinon. .	M. BLONDIN.
Un Paysan.	M. GEORGES.
Pauvres du Village.	
Enfans.	
Le sonneur.	
Paysans.	
Paysannes.	

Vu au Ministère de l'Intérieur, conformément à la décision de S. Exc., en date de ce jour.

Paris, le 12 décembre 1823.

Par ordre de Son Excellence :

Le Chef adjoint,

COUPART.

De l'Imprimerie de DAVID, rue du Faubourg Poissonnière, nº 1.

L'ACCORDÉE DE VILLAGE,

COMÉDIE-VAUDEVILLE EN UN ACTE.

Le Théâtre représente la place du Village ; à droite du spectateur la maison de la mère Guillaume, précédée d'un hangard qui sert à étendre le linge et à repasser, une table est dressée pour ce travail. — On voit sur la maison une enseigne : Blanchisserie de madame Guillaume. — *A gauche la boutique du père Thomassin, au-devant de laquelle on voit des tonneaux, des cerceaux, et une enseigne où on lit :* Thomassin, Tonnelier. —*Un peu au-dessus on voit la maison de M. Beaufort ; au-devant une grille. — Dans le fond, du même côté, on aperçoit un pan de l'église du Village. — Il est six heures du matin quand la pièce commence.*

SCÈNE PREMIÈRE.

ROSE, JEAN-LOUIS.

JEAN-LOUIS, *travaillant.*

Eh bien ! mamselle Rose ?

ROSE, *repassant.*

Eh bien ! monsieur Jean-Louis ?

JEAN-LOUIS.

C'est aujourd'hui le grand jour..... on va nous marier.

ROSE.

Ah ! dame, oui, c'est pour tout de bon, c'te fois ci..... hi ! hi !

JEAN-LOUIS.

C'est vrai, le mariage ne badine pas ; quand une fois on est dedans, on y est bien.

ROSE.

Je ne sais pas pourquoi.... mais aujourd'hui que je sais que c'est pour aujourd'hui..... je suis tout je ne sais comment....

JEAN-LOUIS.

C'est absolument comme moi.... j'ai pas pu dormir seulement une miette.....

ROSE

Tenez, monsieur Jean-Louis, on a beau dire, ces choses là font toujours de l'effet.....

JEAN-LOUIS.

Oh ! que oui, qu'çà en fait..... çà n'a pas l'air..... mais çà en fait.....

ROSE

Il est temps qu'çà finisse,

AIR *de Gaspard l'avisé.*

Je ne fais qu' des bêtises,
Depuis hier matin ;
J'ons égaré trois c'h'mises
Et brûlé du ling' fin.

JEAN-LOUIS.

Mais aujourd'hui, j'espère,
Puisque vous m'épous'rez,
Que ce s'ra la dernière
Bêtis' que vous ferez.

Oùs qu'est donc Toinon, vot' petite sœur.... qu'elle ne vous aide pas?...

ROSE

Elle est allée chercher mon grand Papa.....

JEAN-LOUIS

Elle est drôle, Toinon..... Elle me fait toujours des niches..... vous me direz c'est de son âge..... à quinze ans il faut ben rire un peu..... on n'a rien dans la tête...

ROSE.

C'est que mon grand père était fâché.

JEAN-LOUIS.

Il n'est pas facile à mener, le père Barthélemi.....

ROSE.

Il était fâché de ce qu'il n'avait pas été présent quand M. Beaufort, ce riche banquier de Paris qui loge là..... est venu me demander en mariage pour vous.....

JEAN-LOUIS.

Oh ! oui, les vieilles gens..... ça tient à un tas de choses... ça tient à des étiquettes.....

ROSE.

Et pour le contenter, M. Beaufort et Mad. Gerval, sa sœur, doivent ce matin lui faire une nouvelle demande..... pour la frime seulement.....

JEAN-LOUIS.

Çà le flattera.... il boira un coup de plus à la noce, et v'là tout..... (*il quitte son ouvrage*) Je pense à une chose... moi..... je t'ai pas encore embrassée, est-ce farce, y a une heure que je suis là, et je l'ai pas encore embrassée..... (*il s'approche*).

ROSE.

Va-t'en, va-t'en..... un jour comme aujourd'hui..... ce n'est pas par toi, qu'il faut commencer.....

AIR : *Vaudeville de Partie carrée.*

Il faut c' matin que j'embrasse ma mère,
A not' mariag' ça doit porter bonheur.
Il faut ensuit' que j'embrasse ton père,
Il faut aussi qu' j'embrasse ma p'tit' sœur.
Puis à midi, faut qu' j'embrasse à la ronde,
Parens, témoins, notair', tout c' qui s'ra là...
Sois donc tranquill' pisqu' j'embrass'rai tout l' monde,
Ce soir ton tour viendra.

SCENE II.

Les Mêmes, THOMASSIN, ensuite la Mère GUILLAUME.

THOMASSIN, *arrivant son maillet à la main.*

Bonjour, mes enfans... déjà levés... jarni, vous aviez la puce à l'oreille.

AIR : *La Boulangère.*

Pour éveiller de bon matin,
Fille au gentil corsage,
Pour dégourdir et mettre en train
Le garçon le plus sage,
Tant que le monde existera
N'y aura que l' mariage,
Oui dà,
N'y aura que l' mariage.

Des cloch's, des tambours, des violons,
Pour entendre l' tapage,
Pour fair' sauter garçons, bouchons,
Femm's et fill's de tout âge,
Enfin, pour mettr' tout en mouvement
Y n'y a qu' l' mariage
Vraiment,
Y n'y a qu' l' mariage.

LA MÈRE GUILLAUME.

Bonjour, voisin. Toujours chantant.

THOMASSIN.

En attendant la danse, mère Guillaume.. à vot' service...

LA MÈRE GUILLAUME.

Je ne dis pas non.

THOMASSIN.

Ah! mère Guillaume... ces enfans çà nous pousse... çà nous chasse.. çà nous rappelle vot' noce, j'y étais.

LA MÈRE GUILLAUME.

Oui.. oui.. je le sais.

THOMASSIN.

C'est moi qui vous pris la jarretière.

LA MÈRE GUILLAUME, *à Rose.*

Ah! çà, Rose.. tout ton linge est-il repassé?..

ROSE.

Tout-à-l'heure, ma mère, v'là que j'achève..

THOMASSIN.

Et toi, et ce tonneau?

JEAN-LOUIS.

Ce tonneau, mon papa, y va, j'ai plus que deux cerceaux.

THOMASSIN.

Bien, bien... ne faut pas négliger les tonneaux, mon garçon, c'est là dedans qu'on met le vin.

LA MÈRE GUILLAUME.

Toinon.. n'est pas encore revenue?

JEAN-LOUIS.

Écoutez-donc, le père Barthélemi entre dans ses soixante-quinze ans, il n'a plus ses jambes de quinze ans.

THOMASSIN.

Cet homme là... il se conserve encore bien... je n'ai pas été mécontent de lui dimanche dernier, je suis allé le chercher pour déjeûner.

LA MÈRE GUILLAUME.

Eh bien?.

THOMASSIN.

Eh bien?

Air *du Verre.*

Il est venu tout doucement,
Jusques chez le père Lâtreille,
Un' fois assis, très-lestement
Il vous a souflé sa bouteille.
Quoique sous l'âge il est ployé,
Le verre en main, jamais il n' boude,
Et s'il traîne un p'tit peu le pié,
Il lève encor joliment l' coude.

JEAN-LOUIS.

A-propos de çà, si Jean-Marie, mon frère aîné, était ici... comme il s'en donnerait à ma noce...

THOMASSIN.

Ah! dame, il a acquitté la dette de la maison, en partant pour le fils de monsieur Beaufort, qu'était tombé à la conscription l'année dernière. Je lui devions bien çà, à ce bon M. de Beaufort... il en a assez fait pour nous tous... je n'oublierons jamais que sans lui, il y a deux ans, quand nos vignes ont gelé...

JEAN-LOUIS.

Il nous a prêté six cents beaux francs... dont il n'a jamais voulu entendre parler depuis.

LA MÈRE GUILLAUME.

Et cette année de fermage qu'il a remis à votre père, avant que ce pauvre cher homme fût mort... heim...

ROSE.

Et la manière dont il est venu me demander en mariage, pour vous, M. Jean-Louis...

JEAN-LOUIS.

Eh! bien, il nous tire encore son chapeau quand il passe...

THOMASSIN.

En voit-on beaucoup comme çà... je vous le demade?

ROSE.

Chut! le voilà qui vient avec madame Gerval, sa sœur.

THOMASSIN.

Motus!... il n'aime pas qu'on parle de tout çà, lui.

SCENE III.

Les Mêmes, M. BEAUFORT, Mad. GERVAL.

MAD. GERVAL.

Quelle fantaisie... me faire sortir dans un pareil négligé...

BEAUFORT.

Allons, ma sœur... à la campagne comme à la campagne... nous ne sommes pas ici à la Chaussée-d'Antin... Bonjour, mes amis... Ce sont ces braves gens dont je vous ai parlé... Voilà la petite accordée que nous allons marier aujourd'hui.

MAD. GERVAL.

Bonjour, ma petite... Elle est gentille... et le prétendu ?

JEAN-LOUIS, *ôtant son bonnet.*

C'est moi, madame.

MAD. GERVAL.

Il est drôle...

BEAUFORT.

Eh! bien, mère Guillaume, père Thomassin, vous voilà bien heureux... bien contens...

THOMASSIN.

Ma foi... comme vous dites... Mon jeune fils se marie ; ma petite bru va me donner des petits enfans ; mon fils aîné sert avec honneur... chacun est à son poste.... quand le ciel voudra, je ferons not' paquet.

AIR : *Le soir après pénible ouvrage.*

La peine n'est qu'une vétille
Quand on voit ses vœux s'accomplir ;
J'ai travaillé trente ans pour ma famille,
La tâche était douce à remplir.
De mes deux fils, j'ai guidé le jeune âge,
Je vais me r'poser aujourd'hui,
Un bon pèr' peut quitter l'ouvrage,
Quand ses enfans n'ont plus besoin de lui.

BEAUFORT.

Ah! çà, mère Guillaume... et le grand papa... il s'agit d'obtenir son consentement ?

LA MÈRE GUILLAUME.

Voyez un peu si cette petite Toinon reviendra...

ROSE.

Je l'entends...

SCENE IV.

Les Mêmes, TOINON, LE GRAND-PÈRE, LECOQ.

(*Le grand-père en vieil invalide, est appuyé sur le bras de Toinon, Lecoq marche à côté.*)

LE GRAND-PÈRE.

AIR : *Tôt, tôt, temps de galop.*

Plus douc'ment,
Mon enfant.

TOINON.

Grand papa,
Nous y v'là.

LE GRAND-PÈRE.

Qu'elle est vive !
Enfin, j'arrive.
Ah ! tu m'as
M'né grands pas :
Qu'mes pauvres pieds sont las !..

TOINON.

Et moi, j'n'en peux plus de mon bras !..

ROSE, *l'embrassant.*

Quel bonheur de vous voir !

LA MÈRE GUILLAUME.

Pa pa, faut vous asseoir.

LE GRAND-PÈRE.

Ma fill', j'aimerais mieux
Un petit doigt de vin vieux.

(*On lui apporte un verre de vin, qu'il avale*).

ENSEMBLE

BEAUFORT, MAD. GERVAL.

Mon cœur est transporté,
Quelle aimable gaîté
Brille
Au sein de cette famille;
Quels enfans !
Quels parens !
Allons, je vois qu'aux champs,
On trouve encor des bonnes gens.

TOUS LES AUTRES.

Mon cœur est transporté,
En tout temps la gaîté
Brille
Au sein de notre famille;
Les enfans,
Les parens,
Ici j'sommes tous contens !
Le bonheur est encore aux champs.

THOMASSIN.

Ah ! père Barthélemi... nous vous attendions avec impatience.

LE GRAND-PÈRE.

Ah ! dam, je ne pouvais pas aller plus vite... (*il rit*) hé ! hé ! hé !... j'ai pourtant marché assez lestement...

TOINON.

Grand papa... il ne faut pas mentir... vous vous êtes reposé quatre fois...

LE GRAND-PÈRE.

Pour te donner le temps d'attrapper des papillons.

TOINON.

Du tout ; c'était pour attrapper M. Lecoq, qui me faisait des niches tout le long de la route...

LECOQ.

Moi !... des niches !... c'est-à-dire, c'est vous qui m'en faites à la douzaine ; encore hier, j'allais chez le père Thomassin, vous avez mis devant la porte un tas de cerceaux... je ne pouvais plus retrouver mes jambes dedans.

JEAN-LOUIS.

C'est bon, Lecoq, laisse-là tes jambes.

LA MÈRE GUILLAUME, *en riant.*

Mon papa... vous savez pourquoi on vous a fait venir?...

LE GRAND-PÈRE.

Il est question de marier ta fille ?

ROSE.

Oui, grand papa... avec M. Jean-Louis.

JEAN-LOUIS, *retirant son bonnet.*

Présent !

TOINON, *allant à madame Gerval.*

Ah ! la jolie robe !... Madame, en quoi donc que c'est?

LA MÈRE GUILLAUME.

Allons, curieuse... est-ce qu'on parle comme çà au monde... rentrez là dedans, nous avons à causer d'affaires sérieuses... les enfans n'ont que faire avec nous.

TOINON.

Hem ! les enfans, les enfans... on ne peut jamais rien savoir ici !...

LA MÈRE GUILLAUME.

Quest-ce que vous dites ?

TOINON, *rentrant tout doucement.*

Rien... je rentre, maman.

(*Elle rentre*).

SCENE V.

Les Mêmes, excepté TOINON.

TOMASSIN.

Allons, monsieur Beaufort, puisque vous avez eu la bonté de vous mêler de tout çà, faut lui faire plaisir à ce brave homme.

BEAUFORT, *souriant.*

J'entends.... (*Il va au grand père qui est assis et lui retire son chapeau*), M. Barthélemi.....

LE GRAND-PÈRE.

Monsieur. (*Il veut ôter son bonnet de laine et se lever.*)

BEAUFORT, *l'arrêtant.*

Vous connaissez le père Thomassin.

LE GRAND-PÈRE.

J'ai souvent bu avec lui.

BEAUFORT.

Son fils aîné aime depuis long-temps votre petite fille.

ROSE, *à part à Jean-Louis.*

S'il n'allait plus vouloir à présent.

JEAN-LOUIS.

Oh ! que si, il voudra.

BEAUFORT.

Et je viens au nom du père Thomassin vous en faire la demande.

LE GRAND-PERE.

Monsieur.... certainement... Si çà convient à sa mère... çà te convient, madame Guillaume.

LA MÈRE GUILLAUME.

Oui, papa.

LE GRAND-PERE.

A toi aussi, Rose.

ROSE.

Oui, mon grand-papa.

JEAN-LOUIS.

Et à moi aussi.

LE GRANDP-ÈRE.

Du moment que çà vous convient, mes enfans, çà me convient,

LECOQ.

Il paraît que çà convient à tout le monde.... Dites donc, madame Guillaume, pendant que vous êtes en train.... s'il n'y avait pas d'indiscrétion, je vous prierais de m'accorder la seconde.

LA MÈRE GUILLAUME.

Par exemple! êtes-vous fou, M. Lecoq, un enfant de quinze ans. Nous verrons çà plus tard.

LECOQ.

Ah! ce que je vous en dis, c'était pour profiter de l'occasion, comme le père Barthélemi ne vient pas souvent....

THOMASSIN.

Allons, père Barthélemi, nous allons être parent. (*Il lui touche la main.*)

LE GRAND-PÈRE.

Et à quelle heure ce mariage?

THOMASSIN.

Nous attendons le notaire ce matin; nous allons nous habiller, et de là à l'église.

ROSE.

Oui, grand-papa.

LE GRAND-PÈRE.

Ah! ah! ah! tu n'es pas fâchée de ça, toi? Allons, nous chanterons la mère Gaudichon.

(*Il chante en se levant.*)

« Mon père était pot,
» Ma mère était broc,
» Ma grand'mère était pinte.»

THOMASSIN.

Voilà le père Barthélemi qui se monte la tête, çà ira bien.

MORCEAU D'ENSEMBLE.

Air: *Contre vous j'ai sentence.*

Mes amis, qu'elle fête
S'apprête,
S'apprète
En c'moment!
Que d'chacun la toilette
Soit faite,
Soit faite
Promptement.
Nous boirons,
Nous chant'rons,
Jusqu'à d'main,
Et l'amour et le vin. (*bis.*)

ROSE, *donnant le bras à son grand-père.*

AIR : *Nous bâtirons la maisonnette.*

Allons papa, d'vot' petit' fille,
Acceptez le bras. (*bis*)

LE GRAND-PÈRE, *à Thomassin.*

Comm' elle est prév'nante et gentille.

THOMASSIN.

Çà n'me surprend pas. (*bis*)
On voit la fille la plus sage,
Prenant un air calin, (*bis*)
Etre le jour du mariage, (*bis*)
Ce qu'ell' n'est plus le lendemain.

CHŒUR.

Et gai, gai, gai, tout nous invite,
Depêchons-nous de les unir,
On n'va jamais trop vîte, (*bis*)
Quand on marche au plaisir.

(*Thomassin et son fils rentrent chez eux, Rose et la mère Guillaume chez elles.*)

SCENE VI.

M. BEAUFORT, Madame GERVAL.

BEAUFORT.

Quelle bonne famille!...

MAD. GERVAL.

Parfaite, en vérité!...

M. BEAUFORT.

Ma chère soeur, je crois que tu y mets de la complaisance, tu les trouve fort ennuyeux ; tu aimerais mieux être au bois de Boulogne ou à l'Opéra.

MAD. GERVAL.

Conviens que tu es bien taquin.... Je t'assure que je ne m'ennuie pas du tout ici.

M. BEAUFORT.

Ces bons paysans n'entendent pas les manières de nos élégans, mais c'est la franchise, la probité en personne... Si Thomassin savait la faute que son jeune fils a commise, il en serait au désespoir.

MAD. GERVAL.

Que lui est-il donc arrivé?

SCENE VII.

Les Mêmes, TOINON.

TOINON, *sortant de chez elle.*

Ah ! ben mon Dieu, quel ennui ! quand ils sont dans la maison, il faut que je sois dehors... Hem ! si j'étais petit oiseau.(*Elle aperçoit M. Beaufort et madame Gerval.*) chût !...

BEAUFORT.

Tu sais, ma chère amie, que le fils Thomassin a servi de remplaçant au mien, qui se trouvait, il y a un an, à la Martinique pour les affaires de mon commerce.

MAD. GERVAL.

Je le sais, ce brave homme tint à honneur de faire partir son fils à la place du tien, pour reconnaître par là, les services nombreux que tu lui as rendus.

M. BEAUFORT.

Eh ! bien, ce jeune homme a disparu de son régiment, on le regarde comme déserteur.

MAD. GERVAL.

Est-il possible !...

TOINON, *à part.*

Jean-Marie, un déserteur !

BEAUFORT

Son colonel m'en a donné la nouvelle avant-hier.

MAD. GERVAL.

Quel chagrin pour cette honnête famille !

TOINON, *à part.*

Jean-Marie, un déserteur !

M. BEAUFORT.

Je n'ai pas voulu troubler les approches d'une noce.... J'ai donné les ordres nécessaires, pour faire partir un autre remplaçant : je ne veux pas affliger cet honnête homme, en lui apprenant la faute de son fils.

(On entend sonner onze heures)

THOMASSIN, *dans la coulisse.*

Allons.. Jean-Louis.. v'là onze heures.. c'est pour midi..

MAD. GERVAL.

Ah! mon dieu! onze heures... je ne serai jamais prête..

BEAUFORT.

Allons.. partons ma sœur, et surtout tâche de ne rien faire paraître... ce pauvre Thomassin ne l'apprendra que trop tôt..

(Ils sortent.)

SCENE VIII.

TOINON, *seul.*

Ah!.. à la fin... je sais donc quelque chose! Qui se serait jamais attendu à cela.. fi! que c'est vilain... de la part de M. Jean-Marie... lui, qui me disait avant de partir: que si j'avais le bonheur de grandir, quand il reviendrait de l'armée, il m'épouserait... je n'en voudrais plus à présent.. un homme qui déserte.. il peut revenir quand il voudra.. et chercher une femme, ce ne sera pas moi..

AIR : *Vaudeville des Limites.*

Vivre deux ça doit être bon doux,
Mais si jamais je me marie,
Je ne prendrai pas un époux
Semblable à monsieur Jean Marie.
Faudrait pour vivre sans frayeurs,
Placer près de lui des sentinelles ;
On rattrape les déserteurs,
On n' rattrap' pas les infidèles.

SCENE IX.

TOINON *pensive*, THOMASSIN.

THOMASSIN *habillé, un bouquet à son côté.*

Allons, allons, me v'là prêt.

TOINON, *à elle-même.*

Mon dieu, mon dieu, qu'est-ce que M. Thomassin dira..

THOMASSIN, *écoutant.*

Eh bien... qu'a-t-elle donc, cette petite?

TOINON.

Ah! mais, c'est qu'il n'entend pas raison...il a une tête... faut pas lui dire... pour un père... c'est une trop mauvaise nouvelle..

THOMASSIN.

Une mauvaise nouvelle...

TOINON.

Si je le disais d'abord à M. Jean-Louis?.. ah! c'est que c'est son frère... j'aime mieux le raconter à ma sœur.

THOMASSIN.

Ah! çà... quoique çà signifie donc, mam'selle Toinon?

TOINON *étonnée.*

Comment, vous étiez là... est-ce que vous m'avez écouté?

THOMASSIN.

Certainement, mam'selle.

TOINON, *un peu interdite.*

Vraiment... çà n'est pas joli, M. Thomassin; on me gronde toujours quand j'écoute... moi...

THOMASSIN.

Mais pourquoi donc, c'te cachotterie-là?

TOINON.

Ah! il ne sait rien... il ne sait rien...

THOMASSIN, *feignant d'être fâché.*

Pardonnez-moi, mam'selle, je ne ris plus maintenant... parce qu'un père... une mauvaise nouvelle...

TOINON, *vivement.*

Comment... vous savez que vot' fils a déserté...

THOMASSIN.

Déserté!... comment? que dis-tu? mon fils!...

TOINON.

Ah ! vous ne le saviez pas?...

THOMASSIN.

D'où le sais-tu? Parle, parle.

TOINON.

Mon Dieu! je suis si fâchée que je ne veux pas vous en dire davantage.... Mais n'en parlez pas à M. Beaufort, il ne veut pas que vous le sachiez.

THOMASSIN.

Ah! grands dieux! le remplaçant de son fils!... Suis-je assez malheureux!...

TOINON.

Parce qu'il a dit comme çà, qu'il ne veut pas troubler la noce...

THOMASSIN, *ôtant son bouquet.*

La noce !... Mon fils... Ah ! tout est fini...

TOINON.

Tout est fini!.... La noce de ma sœur !.... Ah ! je vous en prie..... M. Thomassin..... J'empêcherais ma sœur d'avoir un mari.... Ah! mon Dieu! mon Dieu! que je m'en veux, ma pauvre sœur!....

THOMASSIN.

Allons, mon parti est pris. (*Il appelle*) Jean-Louis !... Jean-Louis !...

SCENE X.

Les Mêmes, JEAN-LOUIS, *en toilette.*

AIR : *Tu ne le sauras pas, Nicolas.*

Me v'là ! me v'là ! mon père,
Tout habillé
D' la tête au pié,
Je vais faire
J'espère
Un gentil marié.

(*Il va à la porte de la mère Guillaume.*)

Papa, maman, Rose, v'nez-donc,
Le futur vous demande,
La cloche va fair' dindon, dindon,
Je n' veux pas quell' m'attende.

SCENE XI.

Les Mêmes, LA MÈRE GUILLAUME, LE GRAND-PÈRE, *en toilette*, ROSE, *en mariée.*

CHOEUR.

V'là grand'mère
Et grand-père,
Habillés
De la tête aux piés,
Ils vont faire,
J'espère,
Deux gentils mariés.

THOMASSIN.

Silence!...

LA MÈRE GUILLAUME.

Pourquoi donc silence!... est-ce que vous chantez, M. Thomassin?

THOMASSIN, *avec chagrin.*

Non, mère Guillaume!... j'ons du chagrin... plus de noce... plus de mariage... qu'est-ce qu'aurait jamais pu croire une chose pareille... Jean-Marie... mon fils!.. déserter son régiment...

TOUT LE MONDE.

Déserter? ah! mon Dieu!

JEAN-LOUIS, *étonné.*

Mon frère!

ROSE.

M. Jean-Marie!

THOMASSIN.

Un déserteur dans ma famille!... Pauvre Thomassin, toi qui jadis as servi avec honneur.

AIR : *Il me faudra quitter l'Empire.*

J'aurais plutôt perdu vingt fois la vie,
Que d'abandonner mes drapeaux,
Par cette tâch' ma mémoire est flétrie :
Il n'est plus pour moi de repos.
Mais le malheur que je déplore
Peut se réparer, grâce au ciel,
Puisqu'il me reste un fils encore,
Mon nom n' manqu'ra pas à l'appel.

LA MÈRE GUILLAUME.

Qu'est-ce que vous dites donc là!

ROSE.

Ah! mon dieu! M. Jean-Louis!...

THOMASSIN.

Remplacera son frère...

LA MÈRE GUILLAUME.

C'est t'y bien vrai?

THOMASSIN.

Oui... plus de mariage... allons Jean-Louis... viens, mon garçon...

Morceau d'ensemble.

THOMASSIN.

AIR : *Il a déchiré mon billet.*

Oui, le mariage est rompu.

ROSE.

Mon Dieu! qui s'y s'rait attendu!

LA MÈRE GUILLAUME.

Est-ce là votre dernier mot?

THOMASSIN.

Oui, l'honneur commande, il le faut.

JEAN-LOUIS.

C'est t'y vrai que j' perdrais ma Rose,

TOINON, *à part.*

Sans le vouloir, j'en suis la cause.

ROSE.

Encor si ce cruel chagrin
N'était arrivé que demain.

LE GRAND-PÈRE.

Voyons, contez-moi donc la chose.

JEAN-LOUIS, *à Rose.*

Au moment d' nous donner la main.

THOMASSIN.

Allons, Jean-Louis, faut du courage
C'est un malheur que je partage.

ENSEMBLE.

ROSE, *à Jean-Louis.*

C'en est donc fait, plus de mariage,
Y' comptait pourtant faire ton bonheur.

TOINON, *à part.*

Voyez c' qu' c'est qu'un bavardage,
C'est moi qui fait pleurer ma sœur.

THOMASSIN.

Allons, Jean-Louis, faut du courage!
Plus tard tu r'trouveras son cœur.

ENSEMBLE.

LA MÈRE GUILLAUME, *à Rose.*

Allons, ma fille, point de faiblesse,
Un autre pourra te convenir :
Il faut oublier sa tendresse,
Puisque son pèr' le fait partir.

THOMASSIN.

Allons, mon fils, plus de faiblesse,
Un jour, tu pourras revenir,
Tu retrouveras ta maîtresse,
En attendant, il faut partir.

TOINON, *à part.*

Mon Dieu! mon dieu! qu' j'avons de tristesse,
Tous deux on allait les unir,
Jean-Louis possédait sa tendresse
Un autr' pourra-t-il lui convenir ?

ROSE, *à Jean-Louis.*

Mon Dieu! mon Dieu! quelle tristesse,
Adieu! Jean-Louis, tu dois partir :
Tu peux compter sur ma tendresse,
Dépêche-toi de revenir ?

JEAN-LOUIS.

Mon Dieu! mon Dieu! qu' j'avons d' tristesse,
Mon pèr' le veut, je vais partir :
Tâche de me garder ta tendresso
Je tâcherai de revenir.

LE GRAND-PÈRE.

Mon Dieu! mon Dieu! quelle tristesse,
Quand on devait se réjouir...
Je n'aim' pas voir pleurer la jeunesse :
Mes enfans, je m'en vais partir.

(*La mère Guillaume fait passer ses deux filles devant elle, le grand-père la suit; elle ferme la porte avec humeur.*)

SCENE XII.

JEAN-LOUIS, THOMASSIN.

JEAN-LOUIS.

Ah! çà, voyons papa, c'est-t'y pour tout de bon que vous me démariez?

THOMASSIN.

Morbleu! est-ce que tu en doutes ?

JEAN-LOUIS.

Vous ne m'avez pas mis au monde pour me rendre malheureux comme les pierres. Dieu ! ciel... ne pas épouser Rose ! (*Il va à la porte.*) Ah ! Rose ! ah ! Rose !

THOMASSIN.

Allons ne pleure pas... elle n'est pas perdue pour toi... tu reviendras un jour sergent, peut-être officier... que sait-on, çà la flattera.

JEAN-LOUIS.

Oui, mais si elle n'a pas la patience de m'attendre.

THOMASSIN.

Eh ! bien tu en trouveras une autre.

AIR : *Tenez, moi, je suis un bon homme.*

Quand tu reviendras de l'armée,
Tu seras peut-être officier,
Chaque fille sera charmée
Et voudra d' toi pour se marier.

JEAN-LOUIS.

Çà n' me met pas du beaum' dans l'âme,
Car il n'est pas du tout gentil,
Quand on croyait prendre une femme,
D'aller épouser un fusil.

THOMASSIN.

Allons, mon garçon, sois homme.

JEAN-LOUIS.

Je suis pas homme, je suis amoureux.

THOMASSIN.

Rappelle-toi ce que M. Beaufort a fait pour nous e suis-moi.

(*Jean-Louis suit son père en regardant la maison de Rose ; celle-ci sort avec sa sœur, apperçoit Jean-Louis sur sa porte.*)

SCENE XIII.

ROSE, TOINON.

ROSE, *appelant Jean-Louis d'un ton chagrin.*
M. Jean-Louis!

JEAN-LOUIS, *sur la porte.*

Rose, adieu... adieu Rose...

(*Il rentre en pleurant*).

TOINON, *retenant sa sœur.*

Rose... eh ! bien, ma soeur, qu'est-ce que çà veut donc dire... est-ce qu'on court comm'çà après les garçons ?

ROSE, *pleurant.*

Ce n'est pas un garçon, c'est mon mari.

TOINON.

Chut !.. que je vous voie pleurer... est-ce que maman et grand papa ne vous ont pas dit que, par amour-propre, vous ne deviez pas seulement verser une larme : faut de la fierté, mam'zelle, dans le malheur !

ROSE.

Si tu savais comme j'ai le cœur gros.....

TOINON.

Je vous passe le cœur gros, mam'zelle, voilà tout....

ROSE.

Ah ! si tu savais ce que c'est quand on aime ben un queuqz'un.....

TOINON, *avec empressement.*

Ah ! conte-moi donc çà un peu.....

ROSE.

AIR : *Ce que j'éprouve, en vous voyant.*

Lorsque Jean-Louis entre chez nous,
Mon cœur bat d'une force extrême,
Lorsqu'il me quitte, c'est de même,
C'est un trouble cruel et doux.

TOINON.

En ce cas je suis tranquille.....

Monsieur L'coq toujours sur l'qui vive,
Peut v'nir chez nous quand il voudra ; (*bis.*)
Çà n'me fait rien quand il arrive,
Ça n'me fait rien quand il s'en va.

Ecoute ma sœur, ne te chagrine pas..... c'est moi qui suis cause que tu ne t'es pas mariée ce matin, mais sois tranquille..... ce soir..... je veux réparer le mal que je t'ai fait, bien sans le vouloir..... mais je suis si bavarde ! je me battrais dans ces momens-là.....

ROSE.

Va, c'est fini... il n'y a plus d'espoir... M. Jean-Louis va partir..... c'était bien la peine de faire une si belle toilette..... Je vais la quitter.....

TOINON.

Ne t'en avise pas.....

AIR : *Comme il m'aimait.*

Garde-la bien (*bis.*)
Cette parure si jolie,
Garde-la bien,
Garde-la bien,
J'ons su par madame Bastien,
Que ce bouquet, c'te fleur chérie,
Ne brille qu'un' fois dans la vie.
Garde-les bien. (*bis.*)

J'aperçois M. Lecoq..... je vais m'occuper de toi..... va-t'en, va-t'en.....

(*Rose rentre*).

SCENE XIV.

TOINON, LECOQ, *en grand uniforme de garde champêtre ; il a un gros bouquet au bout de son fusil.*

TOINON, *à part.*

J'ai besoin de lui, je vas être gentille....

LECOQ.

Eh ! bien, et la noce..... où est-elle? tout mon monde est prêt..... j'ai dressé mes flûtes... v'là deux heures que je suis sur mes jambes... (*Il lui frappe sur une épaule et se retourne.*)

TOINON.

Finissez-donc!...

LECOQ.

Ce n'est pas moi : ah ! tiens, si, c'est moi.

TOINON.

Je vous ai bien vu, vous êtes toujours le même ; il faudrait toujours faire la maîtresse d'école, avec vous.

LECOQ.

Je voudrais bien que vous fussessiez ma maîtresse de n'importe quoi; car je vous aime que j'en maigris comme un vra coucou.

TOINON.

C'est vrai que vous êtes maigre, M. Lecoq. Mais il ne s'agit pas de cela... dites-moi, êtes-vous bien sûr de m'aimer.

LECOQ.

Si j'en suis sûr, ah! parexemp

AIR : *Je ne vous dirai pas j'aime.*

Oui, Toinon, oui, je vous aime,
Oui, je n' le dissimul' pas;
La preuve que je vous aime,
C'est que je l'dis haut comm' bas.
Quand on s'permet de dir' j'aime,
N'faut point s'mettr' dans l'embarras,
Et je n'vous dirais pas j'aime,
Si je ne vous aimais pas.

Ah! qu'est-ce que vous dites de çà....

TOINON.

A la bonne heure. Eh! bien, s'il est vrai que vous m'aimez, il faut m'en donner une preuve...

LECOQ.

Tout de suite... ordonnez.... et Lecoq d'obéir.

TOINON.

Si vous m'aimez... je suis sûre que vous ne voudrez pas.

LECOQ.

Foi de Lecoq.

TOINON.

Eh! bien, si vous m'aimez, il faut...

LECOQ.

Il faut... il faut quoi?

TOINON.

Il faut vous en aller...

LECOQ.

M'en aller.... comment?...

TOINON.

Il faut vous engager et partir, pour aller remplacer M. Jean-Marie qui a désalté...

LECOQ.

Déserté!...

TOINON.

Je ne veux plus voir pleurer ma sœur, çà fait qu'elle se mariera avec son amoureux qui ne partira pas.

LECOQ.

Ah! mon Dieu, c'est-t'y ben possible!

TOINON.

C'est comme çà qu'il faut que ce soit... si vous voulez que je vous trouve ben gentil.

LECOQ.

Ah! çà, si je m'en vas.... vous me trouverez gentil, vrai... bien vrai.... et comment qu'elle f'ra donc?.... vous me promettez de m'aimer, quand j'aurai fait mon temps .. N'est-ce pas cinq ans que nous disons à présent?

TOINON.

Oui.

LECOQ.

Cinq ans loin de vous... Dites donc, je pense à une chose... si je ne revenais pas?

TOINON.

Ah! dame, j'en serais bien fâchée...

LECOQ.

Ah! est-elle gentille, quand elle dit çà (*l'imitant.*) j'en serais bien fâchée!.. Parole d'honneur, çà donne envie de partir.... çà me décide, je pars... ô Toinon!... c'est pour toi, ma Toinon, que je vais prendre une clarinette de cinq pieds!.. En v'là donc pour cinq ans sans te...

TOINON.

Eh! bien!...

LECOQ.

Pardon, sans vous voir...

AIR : *Chagrin et danger.*

Pour plaire
À Toinon,
Je me fais militaire,
Mais cinq ans, Toinon,
Dieux! que ce laps est long!
Je n'ai pas, Toinon,
Une humeur très-guerrière...
Mais pour vous, Toinon,
Jamais je n'dirai non.

Vous aurez, Toinon,
De mes nouvell's, j'espère,
Je s'rai brav', Toinon,
Ou j'y perdrai mon nom.
Aimé de Toinon,
Quest-c' que je n'peux pas faire,
J'irais pour Toinon,
A la bouche du canon.
Adieu donc, Toinon,
Je m' lanc' dans la carrière,
Pour le ceinturon,
Je quitt' la bandoulière,
Votre main, Toinon,
Un cheveu, Toinon,
Un regard, Toinon,
Un' épingl', Toinon,
N'import' quoi, Toinon.

TOINON, *lui donnant sa main.*

Allons, baisez ma main, et partez.

LECOQ, *lui baisant la main*

Dieux! quel stimulant, quel stimulant! comme çà stimule!

Reprise de l'air.

Pour plaire
A Toinon,
Je me fais militaire,
Mais cinq ans, Toinon,
Dieux! que ce laps est long!
Je n'ai pas, Toinon,
Une humeur très-guerrière,
Mais pour vous, Toinon,
Jamais je n' dirai non.

TOINON.

C'est dit, touchez-là!

LECOQ.

J'ai la tête montée... quand je devrais descendre la garde, tant pis, j'endosse la capote... Bonsoir... je quitte mon berceau, mes champs, toute ma famille... père, mère, frères, sœurs... Ah! que je suis bête! je n'ai plus qu'un oncle..... c'est égal, je quitte tout la même chose..... (*avec sentiment*) Et si, une fois que je serai soldat, votre cœur ne me faisait pas une haute paie... ah! Toinon...

TOINON.

Si, si, M. Lecoq... (*elle essuye une larme.*) vous pouvez en être sûr...

LECOQ.

Vous pleurez!... qu'il est doux de faire pleurer la femme qu'on aime... Faites-moi une avance?

TOINON.

Je le veux bien... mais partez!... (*Il l'embrasse.*)

LECOQ.

Ah! restons tous les deux dans la position où nous sommes!...

TOINON, *le quittant.*

Pourquoi?...

LECOQ.

Ah! c'est inconcevable... ce baiser... je suis comme un imbécille.... je dois avoir l'air... je n'y vois presque plus... je vous vois comme dans un nuage... adieu... je pars!... en avant! arche... par file à gauche... demi tour à droite...

Pour plaire
A Toinon.....

Voulez-vous que je recommence?

TOINON.

Non, non... (*Lecoq se sauve.*)

SCENE XV.

TOINON, ensuite ROSE.

TOINON, *sautant.*

Ah! quel bonheur! quel bonheur! M. Jean-Louis ne partira pas!... ma sœur, Rose, ma sœur,..

ROSE.

Que me veux-tu?

TOINON, *dansant.*

Ton amoureux reste... c'est arrangé...

ROSE.

Est-ce possible!...

TOINON.

Oui, mon grand amoureux... M. Lecoq...

ROSE.

Eh! bien?...

TOINON.

Je viens de l'enrôler.

ROSE.

Vraiment! ah! le père Thomassin ne voudra jamais.

SCENE XVI.

ROSE, TOINON, M. BEAUFORT, Mad. GERVAL, *en toilette.*

TOINON.

M. Beaufort, vous arrivez bien... j'allais chez vous.

M. BEAUFORT.

Enchanté de votre visite, mademoiselle Toinon; je suis seulement fâché de la recevoir ici.

ROSE, *à madame Gerval.*

Ah! madame, j'ai bien du chagrin, allez.

TOINON.

Laisse-moi conter çà?

ROSE.

Laisse-moi donc parler à madame?

TOINON.

V'là ce que c'est : M. Jean-Marie, le remplaçant de votre fils, a désalté, et le père Thomassin veut que Jean-Louis s'en aille au régiment à la place de son frère.

M. BEAUFORT.

Comment! et d'où Thomassin sait-il que son fils a déserté?

TOINON.

C'est que j'aurais dû vous dire d'abord que ce matin je vous ai écouté, comme çà m'arrive quelquefois, et, que je n'ai pas pu me retenir; çà m'a fait tant de peine, que j'ai tout conté au père Thomassin; mais j'ons trouvé un grand jeune homme de notre endroit, qui partira, si vous le voulez.

ROSE.

Oui; car c'est mal au père Thomassin de vouloir faire partir son fils, n'est-ce pas, monsieur?

M. BEAUFORT.

L'action de Thomassin est d'un honnête homme; elle lui fait honneur!

TOINON.

Comment! qu'est-ce que vous dites donc?... mais c'est très-mal au contraire... empêcher un mariage!

ROSE.

Oh ! vous ne le souffrirez pas...

M. BEAUFORT, *avec sévérité.*

Vous vous trompez, mes demoiselles... j'aperçois Thomassin... laissez-moi.

Mme. GERVAL.

Venez, mes chères amies, nous allons causer de cela. (*Rose et Toinon rentrent tristement en regardant Beaufort avec inquiétude; madame Gerval rentre avec elles.*)

SCENE XVII.

M. BEAUFORT, THOMASSIN, ensuite TOINON.

THOMASSIN, *sortant de chez lui en se frottant les mains.*

Allons, allons, tout va le mieux du monde ; Jean-Louis a pris son parti en brave.... Je sommes sûr qu'il fera bien son devoir.... Allons trouver monsieur le maire. (*Apercevant Beaufort.*) Morgué, v'là ce bon monsieur Beaufort ; il ne doit savoir çà que quand çà s'ra fini.

BEAUFORT, *allant au devant de lui.*

Thomassin, pourquoi donc ne me parlez-vous point?

THOMASSIN, *avec embarras.*

Jarni, monsieur Beaufort, je vous fesons nos excuses... mais j'ons du chagrin !....

BEAUFORT.

Comment, un jour de noce !....

THOMASSIN.

Depuis ce matin il y a eu ben du changement ; ce diable de mariage est retardé.... Y a des anicroches, quoi....

BEAUFORT, *sèchement.*

Je le sais, Thomassin, vous avez manqué de confiance.

THOMASSIN, *timidement.*

Ah ! pouvez-vous le penser !

BEAUFORT.

AIR : *T'en souviens-tu.*

Quand j'ai vu votre champ stérile
Récompenser un pénible labeur,
Vos fils heureux, la paix dans votre asile,
J'ai partagé votre bonheur.

Quand l'amitié nous liant de ses chaînes ;
A vos plaisirs m'avait associé,
Ah! je croyais aussi que dans vos peines
Je devais être encore de moitié.

TOMASSIN.

Je n'aurais pas pu vous avouer... Monsieur Beaufort.... mettez-vous à la place d'un père...

BEAUFORT.

J'aime mieux garder celle d'un ami....

THOMASSIN.

Il y a de ces peines qu'on n'ose pas raconter...

BEAUFORT.

Vaut-il donc mieux souffrir tout seul et priver ceux qui nous aiment, du plaisir d'adoucir nos chagrins...

THOMASSIN.

Ah! c'est que, voyez-vous, rien ne peut consoler de la faute d'un enfant... au moins, jusqu'à ce qu'elle soit réparée : la place de votre fils doit être remplie par Jean-Louis ou par moi, si tous les deux me manquaient..... monsieur Beaufort....

Air : *Dans ce Castel.* (L'Ermite de Sainte-Avelle.)

Sous un drapeau quand on s'engage,
N'est-ce pas faire le serment
De le défendre avec courage ;
D'êtr' fidèle à son régiment.
S'il le fallait, j'irais sur la frontière,
Et je dirais à nos jeunes conscrits :
Recevez-moi, soldats, c'est un vieux père
Qui vient tenir le serment de son fils.

TOINON, *paraisssant sur la porte.*

Ecoutons!

BEAUFORT, *lui prenant la main.*

Vous pleurez, brave homme.... Ah! les choses n'en iront point là....

THOMASSIN.

C'est une dette sacrée... et je voulons qu'elle soit acquittée.

BEAUFORT.

Je n'y consentirai pas.

THOMASSIN.

Et moi, jamais je ne vous céderons là-dessus.

BEAUFORT.

Thomassin, nous nous fâcherons.

THOMASSIN, *vivement.*

Non, jarni... vous en avez tant fait pour nous, qu'il est temps que je fassions quelque chose à notre tour.

BEAUFORT.

S'il est vrai que vous me deviez quelque chose, craignez-vous donc de me devoir un peu plus.

THOMASSIN.

Dieu sait que ce n'est pas ce motif-là.

BEAUFORT.

AIR *de l'Officier de fortune.*

Si pour vous, la reconnaissance
Est un poids trop lourd à porter,
Je renonce à cette créance,
Ne cherchez pas à l'acquitter.
Mais entre nous, que tout finisse ?

(Il va pour sortir.)

THOMASSIN, *l'arrêtant.*

Qui, moi, n' plus voir mon bienfaiteur,
J'accepte encore ce service,
J' voulons rester votr' débiteur.

(Ici Toinon, qui a paru sur le seuil de la porte, fait signe dans la maison.)

SCENE XVIII.

Les Mêmes, Mme. GERVAL, LA MÈRE GUILLAUME, ROSE, LE GRAND-PÈRE TOINON, ensuite JEAN-LOUIS. (*Ils écoutent d'un air inquiet.*)

BEAUFORT.

Je suis content de vous, Thomassin... Jean-Louis ne quittera pas son village, son père et la femme qu'il aime... (*Ils s'embrassent.*)

CHOEUR.

AIR : *Ah! quel plaisir! ah! quel bonheur!*

Ah! quel bonheur! chantons, rions,
C' brave homm' refait le mariage,
Offrons-lui notre hommage,
C'est un bienfait d' plus que j' lui d'vons.

JEAN-LOUIS, *entrant.*

Eh bien! vous chantez, vous dansez, est-ce que je n'en suis pas.

THOMASSIN.

Si, mon ami, embrasse ta femme, c'est M. Beaufort qui te la donne.

ROSE.

Merci, monsieur... (*Jean-Louis dans son transport serre la main à tout le monde.*)

SCENE XIX.

Les Mêmes, Jeunes Garçons et Jeunes Filles *avec des bouquets*; le Notaire, le Tambour du village.

CHOEUR.

Air : *Vaudeville de la princesse de Tarare.*

V'là l' notaire et les fillettes,
V'là tous les garçons du pays
Les musiciens, les feuillettes
Pour fêter Rose et Jean-Louis.

JEAN-LOUIS, *sautant de joie.*

Quel plaisir! ma p'tit' Rose,
Nous allons être époux.

ROSE.

C'est à peine si j'ose
Croire à c' moment si doux!

TOINON, *à part.*

Voilà qu'on les marie,
C'est qu' mon cœur bat vraiment...
Est-ce que j'aurais l'envie
Bientôt d'en faire autant?

CHOEUR.

V'là l' notaire et les fillettes,
V'là les garçons du pays,
Les musiciens, les feuillettes
Pour fêter Rose et Jean-Louis.

(*Pendant ce couplet, le notaire s'est placé sous le hangard et le contrat a été signé par les deux familles, par monsieur Beaufort et par madame Gerval. On entend les cloches.*)

LA MÈRE GUILLAUME.

Allons, partons !

ROSE *va à la mère Guillaume, les yeux baissés et les mains jointes, et lui dit d'une voix émue en s'inclinant :*

Ma mère!

LA MÈRE GUILLAUME *la relève et l'embrasse.*

Je t'entends, ma fille...

(*Tout les spectateurs regardent ce tableau dans le plus profond silence. Les cloches sonnent, le tambour bat, six jeunes filles vêtues en blanc ouvrent la marche, M. Beaufort donne la main à Rose, Jean-Louis prend celle de madame Gerval, le père Thomassin prend le bras de la mère Guillaume, le vieux père Barthélemi s'appuie sur Toinon, qui fait la grimace; l'orchestre joue en sourdine la* MARCHE DES MARIAGES SAMNITES, *accompagnée du tambour; le cortège, précédé du tambour-major du village, défile en silence et se rend à l'église.*)

SCÈNE XX.

Plusieurs Paysans *tenant des fusils*, ensuite LECOQ.

UN PAYSAN.

Allons, vous autres, en avant, amorcez vos fusils... et quand ils sortiront de l'église, pan, pan, pan...

LECOQ, *accourant.*

Eh bien! eh bien! où sont-ils donc?... Ils sont en train déjà; v'là le tambour qui m'annonce mon départ....

TOUS.

Tu vas donc partir, Lecoq?

LECOQ.

Oui, Lecoq va partir... Mes amis, recevez les adieux d'un garde-champêtre qui n'a cessé de veiller à la tranquillité publique et aux légumes particulières....

LE PAYSAN.

Nous vous regretterons, M. Lecoq.

LECOQ.

Je m'en flatte, mes enfans.

AIR *de la Sentinelle.*

Dans les jardins, les lapins quelquefois
Mangent gaîment les choux et la salade,
Et les galans, sous l'ombrage des bois,
Se permettent plus d'une incartade.
Pour prévenir de coupables larcins,
Mon ardeur était sans égale,
Et l'arme au bras, tous les matins,
J'avais l'œil gauch' sur les lapins,
J'avais l'œil droit sur la morale.

SCENE XXI.

Les Mêmes, un PETIT GARÇON *vêtu en postillon.*

(Il arrive tenant d'une main du pain et du raisiné, et de l'autre une lettre.)

LE PETIT GARÇON.

Dites-donc, le père Thomassin n'est pas ici?

UN PAYSAN.

Qu'est-ce que c'est donc que ce luron-là?

LECOQ.

C'est le fils du maître de poste, Coco Bellavoine...

LE PETIT GARÇON.

V'là une lettre pressée pour lui.

LECOQ.

Donne, on la lui remettra...

LE PETIT GARÇON.

Papa m'a dit de l'attendre.

(Il mange sa tartine).

LECOQ.

Tiens c't'embarras qu'il fait... parce qu'il mange du raisiné.

(Il y goûte avec son doigt.)

LE PETIT GARÇON.

Hem! grand gueulard!

LECOQ.

Les v'là qui sortent... apprêtez, armes, en jou, feu....

SCENE XXII.

LE PÈRE THOMASSIN, LA MÈRE GUILLAUME, ROSE, JEAN-LOUIS, M. BEAUFORT, Mad. GERVAL, LE NOTAIRE, LE GRAND-PAPA, Villageois, Villageoises.

(Le Cortége revient en désordre et en sautant : de jeunes villageois tirent des coups de fusils en l'air, d'autres font sauter leurs chapeaux.)

CHOEUR.

AIR *de la Princesse de Tarare.*

V' là l' notaire
Et les fillettes,
V'là les musiciens, les feuillettes,
Pour fêter Rose et Jean-Louis.

(On embrasse la mariée, le notaire commence).

LA MÈRE GUILLAUME.

Mon papa, c'était à vous à commencer.

LE GRAND-PAPA, *ôtant son chapeau et ses gants, embrasse Rose en disant :*

Ce n'est pas l'embarras, je suis l'aîné de la famille...

TOINON, *à part.*

Il paraît qu'on n'embrasse pas les sœurs...

LECOQ, *à Toinon.*

Mam'selle Toinon... me v'là prêt... je viens vous faire mes adieux... çà ne vous fera pas de peine si je fais comme tout le monde.

TOINON.

Non, non.

LECOQ, *à Rose, en l'embrassant.*

Mam'selle Rose !

LE GRAND-PAPA, *riant.*

A l'amende, à l'amende, il a dit mam'selle...

LECOQ.

A l'amende !... il n'y a pas si long-temps qu'elle est madame... nous avons jusqu'à ce soir.

JEAN-LOUIS.

Veux-tu ben dire madame Jean-Louis.

LECOQ.

Madame Jean-Louis, si vous aimez bien votre mari, si votre mari vous aime beaucoup, je suis presque sûr que vous vous aimerez tous les deux.

UN PAYSAN.

Père Thomassin, v'là un bambin qui vous cherche depuis une heure, il nous court dans les jambes.

LE PETIT GARÇON.

C'est une lettre.

THOMAS, *la prenant.*

Une lettre! (*il l'ouvre*) Elle est de mon fils Jean-Marie.

TOUS.

De son fils !

BEAUFORT.

Lisez, mon cher ami; c'est peut-être une bonne nouvelle.

AIR : *C'est charmant, c'est charmant.*

Ouvrez donc, (*bis*)
La lettre
Qu'on vient d' vous remettre,
Ouvrez donc! (*bis*)
Allons, faites-nous connaître
Si l'événement est bon,
Et si vot' jeune garçon
A rejoint sa garnison,
Et mérit' votre pardon.

THOMASSIN.

Ah! j'en ons pas la force!...

JEAN-LOUIS.

Je vas la lire, moi.

(*Lisant.*)

« Mon cher père, il est bon de vous dire qu'ayant « été au baptême d'un enfant de giberne, qui m'a « pris pour son parrain, ce qui fait que mon colonel « m'a cru perdu, parce que j'avais bu un peu de trop, « comme çà se pratique dedans une telle cérémonie, et « qu'ayant été quatre jours à boire avec des camarades, « sans pouvoir comme on dit retrouver mon chemin de « la caserne... je me suis retrouvé au quartier... qu'ayant « eu un peu mal à la tête, j'ai été mis à la salle de

« police, d'où je vous écris ces lignes, et d'où je serai
« toujours, comme on dit, pour la vie,

« Votre fils,

« Jean-Marie THOMASSIN, *cadet*,
« chasseur du 1er de la 2e du 15e. »

« Bien des choses à tout le monde, sans oublier le père
« Barthélemi. »

LE GRAND-PAPA, *riant*.

Ah! ah! ah!... c'est un bon garçon... hou, hou, hou!...

LECOQ.

Dites donc, Toinon : v'là une lettre qui me donne mon congé... je suis à votre disponibilité.

TOINON.

Nous verrons çà plus tard, quand maman voudra.

THOMASSIN.

Ah! morguenne, me v'là un fier poids de moins sur la conscience... En avant la danse!...

JEAN-LOUIS.

Vive la joie!

LE GRAND-PAPA.

Et la bouteille.

CHOEUR GÉNÉRAL.

AIR : *Vive le vin, vive ce jus divin.*

Le verre en main,
Chantons jusqu'à demain ;
Au son du tambourin,
Que la danse
Commence :
Qu' la joie et l' vin
Nous mettent tous en train,
Chantons, jusqu'à demain
Et l'amour et l'hymen.

(*Pendant ce chœur quelques paysans ont placé une grande table servie au milieu du théâtre ; M. Beaufort, sa sœur, le Notaire et les deux familles de Thomassin et de la mère Guillaume, s'y sont placés, à l'exception de la mariée ; le village est rangé des deux côtés, et les musiciens sont montés sur des tonneaux, leur verre par dessus leurs bouteilles auprès d'eux*).

ROSE, *au public.*

AIR : *Vaudeville de Colombine Mannequin.*

Messieurs, nos auteurs dans la transe,
Auprès de vous m'envoient exprès,
Solliciter votre indulgence
Pour leurs tableaux et leurs couplets :
S'ils ont pu vous faire sourire,
Et si leur sort est décidé,
Voulez-vous que j'aille leur dire,
C'est accordé ? *(bis)*

(On reprend le chœur.)

Le verre en main, etc.

(Pendant qu'on le chante, Rose s'est placée au bout de la table, aussitôt qu'elle est assise, elle glisse au petit garçon qui est caché dessous, un gros nœud de rubans ; il sort de dessous la table en sautant, et en agitant le ruban en l'air. Tout le monde se lève en applaudissant, et le rideau tombe sur ce dernier tableau).

FIN.

ROMANS NOUVEAUX

Qui se trouvent à la Librairie théâtrale et romantique de POLLET.

LÉONIDE, ou la Vieille de Surène, par Victor Ducange; 5 volumes in-12, figures. . . . . 15 »

LE TARTARE, ou le Retour de l'Exilé, par A de Vieillerglé; 4 vol. in-12. . . . . 10 »

LA SOEUR DE SAINT-CAMILLE, ou la Peste de Barcelonne, par feu le chevalier de Propiac; 2 vol. in-12, figures. . . . . 6 »

LES DEUX FORÇATS, ou le Dévouement fraternel; histoire de deux Amans du Puy-de-Dôme, publiée par Henri Simon; 2 vol. in-12, figures. 5 »

ISABELLE HASTINGS, par Williams Godwin, auteur des AVENTURES DE CALEB WILLIAMS; 4 vol. in-12. . . . . 10 »

MICHEL ET CHRISTINE, etc.; 3 vol. in-12. . . 7 50

LE CENTENAIRE, ou les Deux Beringheld, par Horace de Saint-Aubin; 4 vol. in-12. . . . 10 »

HISTOIRE critique et littéraire des Théâtres de Paris. — Année 1822. — Par A. Châalons d'Argé; 1 vol. in-8°. . . . . 6 »

LE SERF DU 15e SIÈCLE, par Dinocourt; 4 vol. in-12, fig. . . . . 10 »

LE CAMISARD, par le même; 4 vol. in-12, fig. . 10 »

L'HOMME DES RUINES, par le même; 4 vol. in-12, fig. . . . . 12 »

LE LIGUEUR, par le même; 4 vol. in-12, fig. 12 »

Sous presse.

LA LUTHÉRIENNE, ou la Famille morave, par Victor Ducange; 3 vol. in-12, fig. . . . . . . 12 »

Le Libraire POLLET *est Éditeur des Pièces ci-après :*

MICHEL ET CHRISTINE, vaudeville en 1 acte, de MM. *Scribe* et *Dupin*. 1 50

LA DEMOISELLE ET LA DAME, ou Avant et Après, comédie-vaudeville en un acte, par MM. *Scribe*, *Dupin* et *F. de Courcy*. 1 50

PAOLI, ou les Corses et les Génois, mélodrame en 3 actes, par M. *Frédéric*. . . . 1 »

L'INCONNU, ou les Mystères, mélodrame en 3 actes, par MM *Boullé*, *Mathias* et *Varez*. . . . . 1 »

LES FIANCÉS TIROLIENS, ou les deux Bouquets, comédie en un acte, mêlée de couplets, par MM. *Dubois* et *Brazier*. . . . . 1 »

LE MEURTRIER, ou le dévoûment final, mélodrame en 3 actes, à grand spectacle, par MM. *Edmond Crosnier* et *Saint-Hilaire*. . 1 »

LES DEUX FORÇATS, ou la Meûnière du Puy-de-Dôme, melodrame en trois actes, par MM. Boirie, Carmouche et Poujol 1 25

LA PAUVRE FAMILLE, mélodrame en 3 actes, par MM. Benjamin et Melchior. 1 25

LES ENSORCELÉS, ou les Amans ignorans, vaudeville en 1 acte, de MM. Dupin et Sauvage. . . . . 1 »

LE CUISINIER DE BUFFON, vaud. en 1 acte, par MM. de Rougemont, Merle et Simonin. 1 25

VALÉRIEN, ou le jeune aveugle, drame en 2 actes, par MM. Carrion-Nisas et T. Sauvage . . . . f. c. 1 »

MARTHE, ou le Crime d'une Mère, mélodrame en trois actes, par M. *Saint-M****. 1 »

LE PAUVRE BERGER, mélodrame historique en 3 actes, par MM Daubigny, Carmouche et Hyacinthe. 1 »

BARBE BLEUE, folie-féerie en 2 actes, mêlée de chants, précédée d'un Coup de Baguette, prologue en 1 acte, par MM. Fréderic et Brazier 1

L'AUBERGE DES ADRETS, mélodrame en 3 actes, par MM. Benjamin, St-Amand et Polyanthe. 1

LE CONTREBANDIER, mélodrame en 3 actes, par MM. Crosnier et Dupuis 1

LES GRISETTES, vaudeville en 1 acte, par MM. Scribe et Dupin. 1 50

LA VÉRITÉ DANS LE VIN, vaud de MM. Scribe et Mazères. 1 50

LE RETOUR, ou la suite de Michel et Christine, vaud. en 1 acte, par MM. Scribe et Dupin. 1 50

LE DERNIER JOUR DE FORTUNE, vaudeville par MM. Dupaty et Scribe. 1 50

RODOLPHE, ou Frère et Sœur, drame, par MM. Scribe et Mélesville. 1 50

LISBETH, ou la Fille du Laboureur, mélodrame en 3 actes, de M. *V. Ducange*, tiré de Léonide, ou la vieille de Surène, du même 1 »

ROSSINI A PARIS, ou le Grand Dîner, a-propos-vaudeville en 1 acte, par MM. *Scribe* et *Mazères*. . 1 50

L'HÉRITÈRE, vaud. en 1 acte, par MM. Scribe et G. Delavigne. 1 50

LES INVALIDES, ou Cent Ans de Gloire, tableau militaire en 2 actes, par MM *Merle*, *Boirie*, *Ferdinand* et *Henri Simon*. 1 50

LES HUSSARDS DANS L'ÉTUDE, folie-vaudeville en un acte, par MM. *Jules* et *Henry*. . . . . 1 »

LE COIFFEUR ET LE PERRUQUIER, vaudeville en un acte, par MM. Scribe, Mazéres et Saint-Laurent. 1 50

101

www.ingramcontent.com/pod-product-compliance
Ingram Content Group UK Ltd.
Pitfield, Milton Keynes, MK11 3LW, UK
UKHW021957260726
13994UKWH00004B/1804